Alfred Teniers

Petöfi

Ein Lebensbild

Alfred Teniers
Petöfi
Ein Lebensbild
ISBN/EAN: 9783743389861

Hergestellt in Europa, USA, Kanada, Australien, Japan

Cover: Foto ©Raphael Reischuk / pixelio.de

Manufactured and distributed by brebook publishing software (www.brebook.com)

Alfred Teniers

Petöfi

Petöfi.

Ein Lebensbild

von

Alfred Teniers.

(Sigmund A. Herzl.)

Wien.
Albert Last.
1866.

Dranmor,

dem Verfasser der „poetischen Fragmente,"

in aufrichtiger Verehrung gewidmet.

An Drammor!

Wenn je, so bedaure ich jetzt die Unzulänglichkeit meines geringen Talentes, da ich Ihnen gerne das Beste, als das Ihrer Würdigste, bieten möchte; da Sie aber, um mit Ihren eigenen Worten zu reden, „jede sympathische Regung, die von Außen kömmt," freudig begrüßen, so hoffe ich, diese Blätter werden Ihnen nicht unwillkommen sein!

Der Verfasser.

Petöfi.

Was Du geliebt, verloren und gefeiert,
Das drang zu mir heran wie Frühlingswetter,
Wie Sonnenschein, von Pulverdampf umschleiert.
                              Dranmor.

I.

inem Dichter und Helden aus dem schönen, uns Deutschen aber noch so wenig bekannten Lande der Magyaren, gelten diese anspruchslosen Zeilen freundlicher Erinnerung. Sein Name und Ruhm strahlen, denn sein Geschick war reich an den Kämpfen des Genies, an Elend, unglücklicher Liebe und mannhaftem Streit.

Ueber Petöfi's Kindheit ist wenig zu sagen. Selbst über seinen Geburtsort herrschen Zweifel, und streiten sich auch nicht, wie vordem um Homer, sieben Städte um ihn, so will doch weder Kis-Körös, noch Felegyháza auf den Ruhm verzichten, Petöfi's Vaterstadt zu sein.

Der erste Tag des Jahres 1823 war der seiner Geburt und hatte für seine Eltern „Streit und Freude" im Gefolge. Der Vater, ein nicht unbemittelter Fleischhauer in Kis-Körös, ehrenfest und praktisch, hoffte seinen Sándor (Alexander) für sein blutiges Geschäft zu erziehen, aber die Mutter hatte höhere Pläne vor mit ihrem Liebling. Frau Petrovics ahnte, daß ihr Sohn sich einst die Geister unterwerfen werde; und so setzte sie es durch, daß er schon im Jahre 1829 vom elterlichen Hause Abschied nehmen und nach Kecskemet mußte, um zu studiren. Doch nicht lange blieb der lebhafte, sechsjährige Knabe in Kecskemet bei fremden Leuten allein, denn bald, aber leider in traurigen Verhältnissen, folgten ihm die Eltern, die durch treulose Freunde ihr Vermögen eingebüßt hatten, dahin nach. Als wäre es nicht genug an der Bosheit der Menschen, es thaten auch noch die falschen Elemente das ihrige, den Ruin der braven Familie zu beschleunigen. Ueberschwemmungen vernichteten die letzten Trümmer ihres Wohlstandes und nöthigten den tief gebeugten Petrovics, seinen Sohn abermals von sich fort und nach Selmez zu senden, wo er sich schon früh an Entbehrungen, ja an's Elend gewöhnen mußte.

Das Elend, ein kleines Wörtchen, das so viel des Schrecklichen birgt! Der Reiche spottet darüber, der Weise fürchtet es wie eine stets drohende Gefahr und den Armen zwingt es zu Thränen und Flüchen, erschütternd wie der von Petöfi geschleuderte:

Sei für stets verflucht die Erde,
Die da wachsen ließ den Baum,
D'raus man mir
Die Wieg' gezimmert;
Fluch der Hand,
Die gepflanzt den Baum,
Fluch dem Sonnstrahl, Fluch dem Regen,
Die genährt ihn!

Doch gesegnet sei die Erde,
Die da wachsen ließ den Baum,
D'raus man mir
Den Sarg einst zimmert;
Heil der Hand,
Die gepflanzt den Baum,
Heil dem Sonnstrahl, Heil dem Regen,
Die genährt ihn! *)

Alle Noth ertrug Petöfi geduldig und lernte mit regem Eifer, aber leerem Magen. So ward

---

*) Sämmtliche hier folgende Gedichte in eigener Uebertragung des Autors.

er vierzehn Jahre alt und andere, harmonischere Stimmen erklangen seinem geistigen Ohr, als die seiner „eselhaften Professoren." Seine junge Seele bekam Flügel und schwang sich hoch über Zeit und Raum. Am liebsten starrte er in's Hirtenfeuer, wenn der stille Mond auf die Haide blickte, die, gleich dem Meer, ein Bild der Unendlichkeit, sich vor ihm entrollte; wehmüthig horchte er dem melancholischen Gesang der Zigeunergeige, freudig dem Klang des Cymbals und dem Gewieher des Rosses, das fröhlich seinem Herrn entgegensprang, und voll Theilnahme der Erzählung des Hirten, die er ergreifend in den Strophen wiedergab:

Sitzt der Hirte auf dem Esel,
Seine Füße bis zur Erde hangen;
Groß ist der Gesell, doch größer
Größer seines Herzens Bangen.

Denn indeß er, Flöte spielend
Seine Heerde ließ am Rasen weiden,
Höret er die Trauerkunde,
Daß sein Liebchen im Verscheiden.

Auf den Esel springt er, schnelle
Reitend, daß er noch das Dorf erreiche;
Doch zu spät, ach! kommt der Arme,
Trifft nur noch der — Liebsten Leiche!

Was beginnet nun der Hirte,
Da sein Herz solch' tiefes Leid muß tragen?
Mit dem Stock den Esel wüthend
Hat er auf den Kopf geschlagen!

Doch das falbe Blatt, das zu seinen Füßen sank, regte ihn eben so zu tiefsinnigen Betrachtungen an, als der Rauch, den er bald mit der Liebsten „blauen" Augen und bald mit der Freundschaft vergleicht, und wie Burns eine ihr Nest hütende Feldmeise besang, die vom Pflug zermalmt ward, so besang Petöfi den gravitätischen Storch, den Hüter der Haide. All' die bewegten, bunten Scenen, daran seine Heimat so reich, wurden später, verklärt vom goldigen Schimmer der Erinnerung, zu seinen schönsten und gefühlvollsten Liedern.

Sein schwärmerisches Hinbrüten erhielt neue Nahrung, als eine „fliegende Schauspielertruppe" nach Selmez kam. Diese „Komödianten" waren andere, vornehmere Leute, als sein gewöhnlicher Umgang. Gingen sie auch am Tage in schlichten Kleidern, so funkelten des Abends Juwelen auf ihren Gewändern und Kronen auf ihren Häuptern. Da wurden sie wie mit einem Zauberschlage zu Helden und Fürsten, zu Königinnen und Hirtenmädchen, die doch eben wieder Prinzessinnen waren. Die märchenhaften Träume, die sein Hirn bald beseligten und bald zermarterten, sah er hier verwirklicht. Was Wunder, wenn er täglich statt in's Schulhaus zu den Proben ging! Wenn er die Klassiker verwarf und die Geschichte der Leidenschaften aus dem verwachten Antlitz einer schönen Künstlerin las! Was Wunder, wenn er sich seiner ungekämmten Collegen schämte, die verdrossen über ihren Büchern schwitzten, und lieber den Brudernamen und das traute „Du" dem Helden und Liebhaber „der Truppe" zuwarf! ...

So dachte der zukünftige Dichter anders als der gute Mann, bei dem er in Selmez wohnte. Der schrieb in plumpen Zügen ein Briefchen an Petrovics, daß Sándor ein nachlässiger Student, und schlimmer als das, ein Nachtschwärmer geworden. Die Antwort ließ nicht lange auf sich warten; sie kam, die donnernde Epistel des Vaters, mit einer reichen Fracht von Vorwürfen, die sich der ehrgeizige, heißblütige Jüngling so zu Herzen nahm, daß er eines Februarmorgens von Selmez weg in die weite Welt lief, und endlich nach Mühseligkeiten, nach Entbehrungen mannigfacher Art Pest erreichte. Die lichten Wogen der Lust schäumten damals hoch auf in der schönen, genußsüchtigen Stadt; wohin Sándor blickte, sah er Glanz, Reichthum, Ueppigkeit und Stolz. Von alledem besaß er nichts, als den letztern — die Eigenthümlichkeit der ganzen ungarischen Nation. Sorgsam ging er mit sich zu Rathe, was er beginnen solle, und fand nach reiflicher Ueberlegung, daß er Talent zum Schauspieler habe. Voll der schönsten Hoffnungen lief er in's Nationaltheater; doch unsanft ward er aus seinen Himmeln gestürzt, denn er mußte froh sein, als Statist die Künstlerlaufbahn beginnen zu dürfen. Und nun begann sein wirkliches Elend, wogegen was er früher erduldet, wie Glück schien. Er wurde nicht beachtet, vielfach zurückgesetzt, und kehrte mißmuthig zur Wissenschaft zurück. Diesmal ging er nach Afzzonfa, wohin er mit Beihilfe eines Verwandten von Pest aus gelangte. Sein unstätes Wesen litt ihn jedoch in dem kleinen Orte nicht lange, denn es steckte etwas vom Blut der großen Abenteurer in ihm. So kam es, daß er sich eines Tages in Komorn als „Gemeiner" anwerben ließ.

„Er muß — nach Jokai's Meinung — ein recht komischer Soldat gewesen sein, mit dem Horatius in der Patrontasche und dem Schiller im Tschako," doch trug er nur zwei Jahre lang des „Königs Rock." Im Jahre 1840 vom Militär entlassen, genügte diese kurze Zeit, die er, in „zweifarbig Tuch" geschlagen. zubrachte, ihn tiefe Blicke in die Schicksale Einzelner, so wie ganzer Nationen werfen zu lassen, besonders aber sein eigenes Volk richtig zu beurtheilen, dem er das Wort des Schmerzes zurief:

Nicht auf die Ahnen blicke hin, Magyare,
Der Du im Dunkeln sitzest trüb und klein —
Nicht auf der Ahnen stolze Größe blicke,
Dein Aug' ist schwach und Blindheit wartet Dein.

Von da ab nannte er sich Petöfi. Nur wenige, in seinem fünfzehnten Jahre gedichtete Lieder tragen die Unterschrift „Petrovics," und so wollen wir ihn denn mit dem Namen nennen, den er geliebt, betrauert und unsterblich gemacht hat, mit dem Namen:

„Alexander Petöfi!"

II.

ieder irrte er im weiten Lande umher, unstät, abenteuernd und sorgenvoll, da erwachte auf's Neue in ihm die Lust „zum Lernen," und er wandte sich nach Pápa. Dort traf er ein, als die großen zweimonatlichen Ferien begannen und mußte sich „des lieben Brotes wegen" einer wan-

dernden Truppe anschließen, mit der er zwei Monate hindurch vagabondirte. Vielleicht empfing er während dieser „Wanderungen" die Anregung zu den folgenden Strophen:

Hab' die erste Rolle brav gespielt
Und vielen Beifall damit erzielt;
Die Leute klatschten die Hände sich wund,
Und ich mußt' lachen aus Herzensgrund.

Ich lacht' auf der Bühn', als sei ich toll,
Da dröhnend der Bravoruf erscholl,
Doch als mir das Schicksal die Rollen bracht',
Da hab' ich geweint und nicht gelacht.

Doch sagte er der Bühne Valet, und als der einundsechszigste Tag erschien, war Petöfi wieder in Pápa und lebte dort dem Studium, der Freundschaft und der Poesie. Er schloß einen Freundschaftsbund für's Leben mit dem damals gleich ihm unbeachteten, unberühmten Studenten Moriz Jokai und Samuel Orlai. Sie waren drei arme, aber fröhliche Bursche, die um die Wette dichteten, malten und declamirten. Sie waren heitern, beruhigten Sinnes, hatte doch Jeder sein Talent, diese goldene Wünschelruthe zum Glück und zur Unsterblichkeit. Orlai hielt sich Shakespeare, Jokai dem göttlichen Raphael und Petöfi dem großen Talma gleich. Man sieht daraus, daß auch geistreiche Leute ihre Schrullen haben können, denn Orlai ward ein berühmter Maler, Jokai der erste Romanschriftsteller und Petöfi der größte Poet des Landes, von dem er im heitern Uebermuth sang:

> Seht Ihr als Gottes Mütze
> Die große Erde an,
> So ist mein liebes Ungarn
> Der Blumenstrauß daran!

Und weiter sang er, von kindlicher Liebe getrieben:

> An der Donau Strand ein Häuschen steht,
> Das so nahe meinem Herzen geht;
> Thränenschwer sich meine Blicke senken,
> Wenn in mir erwacht sein Angedenken!

und machte sich mit seinem Freunde Orlai auf den Weg nach Duna-Vecse. Eine Fußreise von mehr als zwanzig Meilen schien ihm eine Kleinigkeit, da es galt die Eltern zu sehen. Er fand sie sorgenvoll und gealtert, aber die kleine, von armen Leuten besuchte Schenke, die sie hielten, wiederhallte von den Liedern ihres Sohnes, deren einige damals schon im Munde des Volkes lebten. Eine Woche brachte er bei ihnen zu; sie verging unter Erinnerungen, Sorgen und Hoffnungen. Nun aber hieß es Scheiden, und Petöfi schrieb zum Abschiede die Lieder: „Ein Abend zu Hause" und „Der gute, alte Schenke," der segnenden Mutter aber rief er zu:

Du kümmerst Dich, lieb' Mütterlein,
Dieweil Dein Brot nicht weiß, nicht fein;
Wohl ist es möglich, daß Dein Sohn
Viel Weißeres gegessen schon.

Doch, sei's auch schwarz! Gut schmeckt das Brot,
Das liebevoll man nimmt und bot.

O glaube mir, süß' Mütterlein,
Daß besser schmeckt dem Gaumen mein

Das schwarze Brot im Elternhaus
Als weißes in der Fremde d'rauß'.

Wohl ward's „im Häuschen an der Donau Strand" beschlossen, daß Petöfi nach Pápa zurück solle, doch die alte Lust an Kerzenglanz und Lampenschimmer drängte ihn zur Bühne hin, und er betrat voll Bescheidenheit — in einer Scheune — die „weltbedeutenden Bretter" mit dem gleichen Mißerfolg.

Damals mag das folgende, eines seiner schönsten Lieder in seiner Seele emporgeblüht sein:

Fort mit der Larve, die ich lang getragen,
Weg mit der falschen Röthe vom Gesicht;
Die Seele ward in Trümmer mir zerschlagen,
Indeß ich prunkte mit erborgtem Licht.

Wenn manches frohe Lieblein ich gesungen,
Dann glaubtet Ihr, mein Herz sei freudenreich,
Weil ich für kurze Zeit mich stark bezwungen
Und nicht verzagend blickte todesbleich.

Schön glänzt die Flamm' die Alles wild verheeret
Und Gräber schmücket man mit buntem Laub,
Doch innen modert was der Wurm verzehret
Und was er übrig läßt ... vom Staube Staub.

Ich war ein Gaukler, wußte viel zu scherzen,
Und lächelnd sprang ich in der frohen Schaar,
Doch keiner ahnte, daß dem armen Herzen
Die Lust für alle Zeit entflohen war.

Und doch, wie gern' möcht' ich den Scherz erneuen
Ob auch mein Herz verglüh' in Kummers Brand;
Könnt' ich dadurch sanft trösten und erfreuen
Mein tiefgebeugtes armes Vaterland!

Indeß ward 1842 der Landtag in Preßburg eröffnet. Abenteurer, Studenten, Müßiggänger und das übermüthige, säbelklirrende Geschlecht der Juraten zogen in die alte Krönungsstadt ein. Auch Petöfi schloß sich dem bunten Schwarm an und kärglicher Abschreibelohn war seine Ausbeute bei diesem Jagen nach dem Glück. Hätte sich dort der hochherzige Dichter Lisznyay seiner nicht angenommen er wäre an Leib und Seele zu Grunde gegangen, trotz seiner wilden, unbeugsamen Energie, die ihn abermals nach Pesth trieb, um Literat zu werden. Er ward es — und er, der schöpferischeste, originellste Kopf seiner Nation, übersetzte für ein Spottgeld ausländische Romane in's Ungarische.

Das war dem stolzen, neunzehnjährigen Jüngling, der seinen Werth zu ahnen begann, zu viel. Gekränkter Ehrgeiz, bittere Enttäuschungen warfen ihn auf's Krankenlager, von dem er mit tiefem Ekel vor allem Bücherwesen genas, denn „eine Fee bewohnt das Buch, schön, doch voll Tücke." Er klagt: „Weshalb, o Vater, ließest Du mich nicht beim Pflug, und mußtest Du mir das Buch reichen, das Buch, das uns von der Erde zum Himmel trägt — das Buch, das uns von den Sternen wieder herab zur Erde — schleudert!"

Und wieder lockte ihn die Loreley, die Bühne. In Debreczin erschien er auf ihr und ward verlacht. Er kehrte der undankbaren Stadt den Rücken, wanderte umher, schlief in Scheunen, hungerte und mußte doch Abends mit blutendem Herzen und lächelnden Lippen Gevatter Schuster und Schneider von der Bühne herab unterhalten:

>Ach! ach!... Der arme Komödiant
>Muß wandern müdgehetzt umher,
>Ihm fehlt der Rock, ja fast das Hemd,
>Doch Hunger hat er um so mehr.

Und so hatte denn die kleine Gesellschaft, bei der er erste Heldenrollen spielte einen gar traurigen Helden an ihm, der sie bald wieder verließ, um wie der verlorene Sohn im Evangelium, barfuß, zerrissenen Kleides, abgehärmt und trostlos wieder zurückzukehren.

In Debreczin, wo die letzten Häuschen stehen, deren kleinstes er bewohnte, schrieb er seine frischen Trinklieder, denn:

Hab nicht Ehrgeiz, hab nicht Lust,
Daß der Lorbeer mich umschwebe!
Soll mein Haupt bekränzet sein,
Mädchen holde, lieblich schlanke,
Kränzet es mit duft'ger Rebe!
Rebe so wie Dichters Art
Hat das Schicksal gleich gepaart,
Weil sie Beide Geist und Leben
Froh der Welt als Opfer geben.

Geist der Rebe ist der Wein,
Geist des Dichters sind die Lieder!
Wenn die Beiden sich ergossen
In den Wein und in Gesänge,

Welken sie zur Erde nieder.
Mögen sie auch rasch verglühn!
Immer neu wird Lust erblühn,
Immer, was auch Zeiten bringen,
Wird man trinken, dichten, singen!

Da erinnerte sich 1843 der geistvolle Adolph von Frankenburg des einsamen Dichters, der voll Bitterkeit gesungen:

Lebt Bursche wohl! Ich segn' Euch allezeit,
Ob Ihr mich dem Verderben auch geweiht,

Denn Ihr fielt ab, Ihr Blätter groß und klein,
Und ließt den Baum, mein armes Herz, allein.

Wenn Unglücks Hauch, der Euch vertrieb so schnell,
Einst weicht dem Glückesschimmer freudenhell,

Und Frühling wiederkehrt mit holdem Gruß,
Manch Blatt auf's Neu und schöner grünen muß;

Dann zagt und klagt ... denn nie mehr grünt
ein Blatt,
Das sich vom Baume losgerissen hat!...

Frankenburg berief ihn nach Pest und Petőfi, der freundlichen Einladung folgend, gewann gar bald an dem ehrwürdigen „Dichterfürsten" Vörösmarti einen väterlichen Gönner und an der gelehrten Gesellschaft „Nemzeti Kör" einen Verleger für seine Gedichte.

Der Erfolg, den diese fanden, war ein ungeahnter, gewaltiger. Sie waren wie liebe Bekannte, wie Blumen des Feldes, duftig und farbenglühend. Volles Leben schäumte darin, denn die Gluth, die in der Traube von Tokai braust, die Wehmuth, in der die Saiten des Cymbals klingen, die sinnliche Raserei des üppigen Ungartanzes, der Zauber der mondbestrahlten Haide, die einfachen, aber ergreifenden Schmerzen des Hirten, der demüthige Gesang der Fischer, die schalkhafte Heiterkeit der Betyáren, der ungebändigte Trotz des ungarischen Edelmannes von

„damals", der sich ein König dünkte und kaum Gott als Herrn und Richter über sich erkannte: all dieses durchklang wie ein tausendtöniges, harmonisches Echo die Lieder des „Naturpoeten", wie ihn mißgünstige Kritiker höhnend nannten.

Kertbeny hebt in geistvoller Weise rühmend hervor, daß Petöfi der erste Ungar gewesen, der die niedern Stände des Volkes sprechend, handelnd und denkend in der ungarischen Literatur auftreten ließ. Er war der Erste, der in Ungarn die Demokratie in die Poesie einführte, an die Stelle der alten griechischen Götter, Gestalten aus Fleisch und Bein setzte, und dadurch den ungeheuren Umschwung der Ideen mit bewirkte, in dem „eine Nation von Edelleuten" für die Freiheit begeistert ward. So kam es denn, daß sein erstes Publikum eben das „Volk" war, welches richtig ahnte, daß es nie untergehen, nie aus der

Reihe der Nationen gestrichen werden könne, so lange es Petöfi's Lieder als klingenden Schild gegen jede Gefahr besitze, und es sang diese Lieder und schuf sich eigene, ergreifende Weisen dazu; Lieder und Weisen wiederhallten bald in den Sälen der Magnaten, und Petöfi, der so oft Verlachte, ward, wie einst Lord Byron, über Nacht berühmt.

Er besang die Rebe und der Lorbeer senkte sich auf sein Haupt; er aber freute sich seines Ruhmes um seiner Mutter willen und wünschte nur:

„Den gold'nen Hafer für sein Roß,
Die gold'ne Lustigkeit für sich!"

Inmitten dieses ersten Triumphes starb ihm eine Jugendgeliebte, Etelka, von der er gesungen: „Keine Mutter Dich gebar, denn einer Rose gleich bist Du am Pfingsttag im Morgendämmerungshauch erblüht." Nach frommer Sitte hielt er die Todtenwache an ihrer Bahre, und überschüttete in seiner Trauer ihre frühe Gruft mit den Klagen seiner Seele, mit den „Cypressenblättern". Wie einst Saul, dachte er sich den bösen Mächten des Schmerzes für alle Zeit verfallen, und sprach dies in nachfolgendem Liede aus:

>Du welkest, Blume meines Lebens,
>Und ach! nun ist es blüthenleer;
>Du sankst, o Sonne meiner Tage,
>Und Nacht dräut finster um mich her.
>
>Du brachst, o Schwinge meines Geistes,
>Und nimmer fliegt er himmelwärts;
>Du stocktest, Wärme meines Blutes,
>Und kalt und freudlos ward mein Herz.

III.

urch den Todesfall seiner Geliebten wurde dem jungen Dichter damals Pest verleidet. Er reiste nach Debreczin, doch die Theilnahme, die er da fand, veranlaßte ihn nur zu bittern Bemerkungen: „Den Winter des Jahres 1843/44 hatte ich in dieser fetten Stadt verbracht... hungernd, dürstend und krank, bei einer armen, aber guten, alten Frau, die der Himmel segnen möge! — Hätte s i e nicht um mich Sorge getragen, ich schriebe Dir jetzt aus einer andern Welt. Ich war ein verlassener, kleiner Komödiantenjunge, um den sich weder Gott noch Menschen kümmerten. In demselben Theater, in dem ich dritthalb Jahre früher unbeachtet eine traurige Rolle spielte, umbraust mich nun der Beifall, und dasselbe Volk schreit donnernd: „Es lebe Alexander Petöfi!" Komme ich nach Jahren wieder, erinnert sich vielleicht Keiner mehr, daß er mir einst Kränze wand. So ist der Ruhm — er kommt und geht! So ist die Welt — sie erhebt uns, damit sie uns vergessen könne! Und der Ungar ist es, der zumeist und gern vergißt, darum wird auch sein Angedenken nicht aufrecht bleiben!"

Wir können es uns nicht versagen, hier ein Gedicht einzuschalten, welches beweist, wie be-

scheiben Petőfi zuweilen von seinen Leistungen
dachte. Es lautet:

Wohl lebten Größere als ich,
Und doch erlosch ihr Stern,
Was Euer in der Zukunft harrt,
Ihr Lieder, wüßt' ich gern?

Ob Ihr noch lebt, wenn über mir
Am Grabe das Gras sich neigt?
Ob Ihr, wenn einst die Leier sprang,
Noch tönet — oder schweigt?

Mag all' die Lieder, die ich schrieb,
Der Zeiten Sturm verwehn —
Bleibt nur mein Lied, das Dich besingt,
Mein schönstes Lied bestehn.

Und ewig wird das Lied bestehn,
Und heilig wird es sein —
Vom Himmel stammt's, von Deinem Aug',
Du blonder Engel mein! ...

Die Jahre rollten ihm nur im Fluge vorüber,
und beinahe jedes brachte fortan ein neues Werk
von ihm. Die Verleger und Journale stritten sich

um seine Lieder und wogen sie mit Gold auf. Geliebt, gesucht und gefeiert erfüllte er nicht nur Ungarn mit seinem Ruhm, sondern hatte auch die Genugthuung, viele seiner Lieder in fremde Sprachen übertragen zu sehen. Dem deutschen Volke wurde er zuerst durch den verdienstvollen A. Dux bekannt gemacht. Aber trotz alledem fühlte er sich nicht glücklich, denn die Erinnerung an Etelka warf Wermuth in den Becher seiner Freuden, und sein gedankenvoller Genius ahnte lange vorher die Stürme, an denen sein geliebtes Vaterland zu Grunde gehen sollte. Zu deutlich erkannte er die Schwächen seiner Nation, zu oft hatte er vergeblich mahnend, tröstend oder rathend zu ihr gesprochen.

Die sonderbaren Vorrechte des ungarischen Adels geißelte er mit vernichtendem, bitterem Humor. „Ihr Diebe, Ihr Räuber, seid Ihr zu gut für die Prügelbank, weil Ihr adelig seid, so hänge man Euch an den Galgen!" Und den hochmüthigen Magnaten, die nach Art der walachischen Bojaren und der russischen Vornehmen ihr durch den Schweiß frohnpflichtiger Bauern erworbenes Vermögen in der Fremde verpraßten, rief er zu:

Und weil die Heimath diebisch Ihr verließt,
Als Gott ihr Elend gab:
Werf' Eure Seel' der Himmel Euch zurück
Und Eu'r Gebein das Grab.

Doch ging Petöfi in seinen Vorwürfen zu weit und übersah ganz, daß Ungarn insbesondere seinem patriotischen Adel sehr Vieles, so die Errichtung des Landes-Museums u. s. w. verdankte.

Auch überkam ihn inmitten dieses Trotzes oft die Todesahnung, und mit verhaltenen Thränen fragte er:

Wiffen möcht' ich,
Wenn ich sterbend einst erbleiche,
Am Schaffotte, auf dem Schlachtfeld,
Wer wohl dann bei meiner Leiche
Stille betend, fromme Wache hält?

Indeß war Petöfi eine zu energische, sinnliche Natur, gleich ungestüm in Haß und Liebe, in Freude und Schmerz, als daß er theilnahmlos an den Gütern des Lebens, an Ruhm, Wonne und Glück vorbeigegangen wäre. Es freute ihn, als sein erstes Bild erschien, und dieser Freude hat er in dem nachfolgenden deutschen Brief einen naiven Ausdruck gegeben. Ich copire den Brief, der sich auf einen trefflichen Stahlstich des Pester Kupferstechers Tyroler bezieht, mit seiner sonderbaren Orthographie und in seiner naiven Treuherzigkeit ganz genau, bemerkend, daß ich dessen Mittheilung der Güte des Herrn Roßner verdanke. Er lautet:

„Pest, 24. November 1847.

Lieber Herr von Tyroler!

Es ist mir Leid, daß ich in eigener Person nicht kann Sie besuchen; ich bin krank wie der Teufel. Wenn mein Brief nicht zu spät kommt, so haben Sie die Güte, den Bart mir so zu machen, wie ich habe gezeichnet hier auf diese Bild, manu propria, weil ich so hab lassen vaxen den Bart in die neuere Zeit. Aber sonst machen Sie nichts nach von diesem Bild, am Venigsten die Nasen. Und ich bitte Sie, machen Sie nicht zu dick und dunkel das Bart, weil ist mein Bart nicht dick. Wenn ich werde gesund, werde ich Sie besuchen. Leben Sie wohl. Ihr

Verehrer

A. Petöfi."

Wenn nun den Leser dieser Zeilen Petöfi's „Bart" nicht weiter interessiren dürfte, so mag ihm doch nicht unlieb sein, zu erfahren, wie des Dichters Freund Jokai dessen Persönlichkeit schildert:

„Die Pester Intelligenz hatte einen eigenen Sammelplatz, wo Literaten, Gelehrte, Advokaten, Aerzte, gebildete Bürger und andere Männer dieses Schlages zusammenkamen. Nicht genug vornehm, um das adelige Kasino besuchen zu dürfen, doch zu wenig Proletarier, um in Kaffeehäusern zu dampfen, hatte sie sich diesen Erholungsplatz geschaffen, den sie dann „nemzeti kör," d. h. „National-Zirkel," nannte.

Der damalige Notär dieses Körs war ein junger Advokat, Namens Anton Várady. Die Stelle trug natürlich nichts ein, weil sie eine „Ehrenstelle" war, und es war zu der Zeit üblich, solche Aemter immer an Advokaten zu verleihen.

Wenn ich jetzt bemerke, daß Várady später jener einzige Freund Petöfi's war, mit dem er gar nie in Streit gerieth, auf den er nie böse wurde, glaube ich mit diesem einzigen Federstriche eine vollständige Charakteristik jenes Mannes gegeben zu haben, den auch ich unter meine unwandelbaren Freunde zu zählen die Ehre habe.

Als eines Tages, oder vielmehr eines Donnerstages, der junge Advokat einen seiner Kollegen besuchte, fand er diesen höchst eigenthümlich beschäftigt. Er las — geschriebene Gedichte. Für einen Advokaten jedenfalls eine überraschende Beschäftigung.

Im Hintergrunde lehnte eine junge Gestalt mit blassem Antlitz, einen kurzen Kragenmantel um die Schultern geworfen.

Wer hätte sie beachtet?

Várady ward von seinem Kollegen ersucht, die

Gedichte durchzublicken und ihm seine Meinung darüber wissen zu lassen. Er zog aus der Masse eines heraus und dies war zufällig „Schmaus beim Schweinschlachten" betitelt.

„Ach, wie trivial!" sprach dieser, geringschätzend den Mund verziehend.

Der Anwalt drang in ihn, noch ein anderes zu lesen. Da fiel ihm das Gedicht in die Hand, welches also beginnt:

„Die Küche betrat ich ... zu zünden
Die Pfeife ... ich hielt in der Hand sie ..."

Dies gefiel ihm schon besser.

„Es ist gut und launig!" sagte er.

„Nun weiter!"

„Es bleibt das Recht der Blume unbenommen
Zu duften, wenn der holde Lenz gekommen" 2c.

Da hatte sich Várady schon einen Stuhl zum Tisch gezogen und bat selbst, die übrigen Gedichte lesen zu dürfen.

Sein Entzücken ward immer größer.

„Das sind ja Meisterwerke — das ist eine schöne Erscheinung! Hast Du noch mehr?... Wo sind sie denn entstanden und wer kann heute solche Gedichte — schreiben?"

„Blicke um Dich!" lautete die Antwort. „Dort steckt ihr Verfasser."

„Dieser arme, zerlumpte Junge? Auf dessen blassen Wangen auch nicht der geringste Farbenwechsel verräth, ob es seine Gedichte sind, die eben gelobt oder getadelt werden?"

Dieser arme, zerlumpte Junge, diese fahle Nachtigall ist es, die so bezaubernd singt ...

So weit Jokai über Petöfi ... als aber der Dichter schon ein anerkannter, gefeierter war, trug er sich in phantastischer ungarischer Tracht, mit einer Lammfellmütze auf dem Kopfe, hinter dem rechten Ohr eine blühende Rose. So sah und so beschreibt ihn sein größter Bewunderer Kertbeny.

Das Jahr 1847 brachte ihn mit dem jetzt beliebtesten Dichter Ungarns, mit Johann Arany in Berührung, und bald schloß er einen innigen Freundschaftsbund mit ihm. „Weißt Du, weßhalb ich nach Szalonta reiste," schreibt er einem Freunde, „und nun schon eine gute Woche hier verweile? Weil hier ein großer Mann wohnt, und dieser große Mann ist mein guter Freund und dieser gute Freund ist Johann Arany, der Dichter des „Toldy." Ist Dir das Werk unbekannt, so suche ich vergebens Worte für dessen Werth; hast Du es aber gelesen, so ist jedes Reden überflüssig. Und dieses Gedicht hat ein einfacher Dorfnotar geschrieben, in einem Zimmerchen, dessen Länge fünf, dessen Breite kaum zwei Schritte beträgt. — Doch das ist in Ordnung. Die Musen sind keine Edeldamen mehr; dem Fortschritt und der Parole des Jahrhunderts: „Es lebe das Volk!" huldigend, steigen sie jetzt nieder vom erhabenen Helikon in die einfachen Hütten. Ach, wie glücklich fühle ich mich, in einer Hütte geboren zu sein!"

Doch um den Lorbeer, den Petöfi so gern dem Würdigen reichte, ward er beneidet. Ein Theil der ungarischen Kritik, mit dem jetzt als Flüchtling in London lebenden Zerffi an der Spitze, erhob den eben aufgetauchten Hiador weit über Petöfi; aber Paul Jámbor, der unter dem Namen Hiador Lieder schrieb, voll tiefsinniger, düsterer, zuweilen aber „konfuser" Genialität, ist heute beinahe vergessen, indeß Petöfi's Stern in ungetrübter Klarheit leuchtet. Vergessen waren Ruhm und Neid und Kränkung, als „sonnenhaft" ihm neue Lieb' genaht.

Er war wie berauscht, als ihm Julie Szendrei erschien. „Es ist Nacht, eine stille, sternenreiche mondeslichte — kein Klang, kein Laut, nur Eine Nachtigall schlägt: mein Herz. Herrliches Mädchen, Dich suchte ich seit meiner frühesten Jugend! Zu Jeder trat ich hin, vor Jeder sank ich nieder, Jede betete ich an im Wahn, daß Du es sei'st!"

Weil ein Böglein d'rauf flog,
D'rum zittert der Strauch;
Weil zu Dir es mich zog,
D'rum zittre ich auch.
Weil zu Dir es mich zog,
Mein Täubchen, meine Seel' —
Zu Dir, die der Welt
Kostbarstes Juwel.
Weil die Donau so voll,
Strömt über sie auch,
Und mein Herz klopft wie toll
In sehnsücht'gem Hauch.
Ob Du, Liebchen, mich liebst,
Süß Rosenblatt mein? —
Denn ich lieb' Dich mehr
Als die Eltern Dein.

Nun der Sommer im Land,
Und nicht Wintershauch,
Da umschlang wie ein Band
Deine Lieb' mich auch —
Und so segne Dich Gott,
Ob Du mein vergißt —
Doch tausendmal mehr,
Wenn treu Du mir bist!

Diesmal liebte er glücklich, und so stiegen seine Lieder wie Lerchenjubel zum Himmel empor:

Liebe, Liebe, Liebe!
Süße bittre Liebe!
Ich bin matt und krank;

Sprich, o süße Liebe,
Sprich, o bittre Liebe,
Weßhalb Du nicht wächsest
Wie am Baum das Blatt?
Jeder wackre Bursche
Könnte Dich dann pflücken,
Jeder dann die Erde
Reizend mit Dir schmücken.

Gern, o süße Liebe,
Bin an Dir ich krank!

Bald darauf führte Petöfi sein „herrliches Mädchen", die Geliebte, heim. Die Brautnacht feierte der Dichter der „Csárda" in einem solchen einsamen Gehöfte auf der Haide und so verzichtete er denn, im Besitz einer geliebten Gattin, auf seinen Lieblingsplan, die Heimath Shakespeares, dessen „Coriolan" er übersetzte, sowie die seines Lieblings Béranger zu sehen, mit dem man ihn so oft verglichen. War Béranger, um mit Börne zu sprechen „eine Nachtigall mit einer Adlerklaue," so war Petöfi „ein Aar mit der Stimme der Nachtigall."

Er lebte nun ein behagliches, abgeschlossenes Still-Leben, hatte er doch erreicht, was er so oft sich im Liede ersehnt. Nun brauchte er nimmer das Rößlein, um zur Liebsten zu reiten, vorbei war die Zeit, da er von seinem „Falben" also sprach:

Meines Pferdes Fell ist gelb und klar,
Dem geprägten Golde gleicht sein Haar,
Und ich nenn es meinen Stern mit Fug,
Weil es rasch ist, wie der Stern im Flug.

Hei, mein gutes Roß, mein schönes Roß,
Sprich, wie löste sich ein Huf Dir los?
Komm, ich führ' Dich rasch zum Schmied hinein,
Und dann trag Du mich zur Liebsten mein.

Hei, wie bei dem Schmied die Kohle sprüht,
Heller aber Liebchens Auge glüht ...
Hei, wie weich die Kohle macht das Erz,
Weicher ist von Liebchens Aug' mein Herz.

Aber nur zu bald ward Petöfi dem häuslichen Still-Leben entrissen, nachdem er noch zuvor die Freude erlebte, Vater eines Sohnes zu werden, den er im Uebermaß des Entzückens „das liebste Aestchen seiner Seele" nannte.

„Wie ein Körnchen Staubes sturmgewiegt" dem Wanderer entgegentreibt, so brach plötzlich glückverheißend aber blutigroth der Morgen des

13. März 1848 an und machte Petöfi, den Mann der Träume und der Lieder, zum Mann der That. Als Volksredner bewirkte er am 15. März 1848 die Befreiung des berühmten Táncsics, der wegen communistischer Bestrebungen im Pester Neugebäude eingekerkert war. Der Taumel hatte ihn erfaßt, und er warf das erste, censurfreie Blatt Ungarns, das „Talpra Magyar" in die Bewegung. Dieser Kampfruf: „Auf die Füße Ungar!" heute noch verpönt, ergreifend wie das Sturmlied Rouget de Lisle's, ist ein Lied voll begeisternder Wildheit und nicht unwerth der Leier eines Tyrtäus; es thürmte die Wogen der Revolution zu riesiger Höhe, und seine Heimath schrie schmerzlich nach ihren Kindern; sie antwortete jetzt auf seine Frage:

> Wann erklingen, wann erschallen
> Die Posaunen donnerrollend?

Nach des Schlachtrufs Wiederhallen
Sehnt sich meine Seele grollend! —

mit dem gellenden Aufschrei: „Zu den Waffen!"
Ich will keine Geschichte dieser thränenvollen, an Irrthümern sehr reichen Zeit schreiben, aus deren Wunden Millionen ... heute noch bluten; nur die Geschichte des Dichters, der das Irrlicht der Revolution für die heilige Sonne der Freiheit haltend, zum Schwerte griff und in die Reihe der Kämpfer eilte, getreu seinem Wahlspruch:

Mir ist die Liebe werther als das Leben,
Doch für die Freiheit würd' ich Beide geben!

In Oberungarn an Perczel's, in Siebenbürgen an Bem's Seite kämpfte er mit Schwert und Wort.

Im Frühjahr 1849 von dem kühnen österreichischen Reitergeneral Schlick in Acht, also für

„vogelfrei" erklärt und steckbrieflich verfolgt, theilte er dieses Geschick mit den zwölf vornehmsten Häuptlingen der Revolution. Seine Lieder waren seine Ankläger; zogen doch unter ihren Klängen die Bataillone der Honvéd's begeistert in die Schlacht, den trikoloren Fahnen folgend, deren Farben Petöfi also besang:

Den Strauß, den Du gegeben mir,
Umschlingt dreifarbig buntes Band,
Du liebst der Heimat Farbenzier,
Du liebst sie gleich dem Vaterland.

Die Farben tausch' ich Dir nun ein:
Für G r ü n der Hoffnung holdes Licht,
Für W e i ß das bleiche Antlitz mein,
Für R o t h mein Herz, das blutend bricht!

Doch Gott wollte nicht, daß die Schmach des Schaffotes dem beschieden sei, den die Welt als einen der eigenthümlichsten und originellsten Geister anerkannte.

Er fand den rühmlichsten, von ihm so heiß ersehnten Tod, den auf dem Schlachtfelde, mit den Waffen in der Hand.

Wohl erlebte er den Schmerz, daß der ihm so heilige Boden seiner Heimat von den Hufen der Kosakenpferde zertreten ward, doch die Schauer des Tages von Világos und den prahlerischen Hochmuth des russischen Feldherrn Paskiewitsch erlebte er nicht mehr.

Als Bem's Adjutant sank er in der Schlacht bei Szegesvár am 31. Juli 1849.

„Niemand hat ihn sterben, Niemand seine Leiche gesehen, und doch ist er todt!" so klagt sein Freund Jokai und mit ihm klagt die ungarische Nation.

Petöfi erlosch wie ein Stern, der eine unsterblich leuchtende Spur hinter sich zurückläßt. Lange währte es, bis sein Volk an den Tod des Dichters glaubte; bald hatte ihn der Eine, bald der Andere gesehen, doch das war fromme Selbsttäuschung oder frommer Betrug.

Was ist der Ruhm? — Ein Regenbogenlicht,
Ein Sonnenstrahl, der sich in Thränen bricht!
so muß man ausrufen, wenn man das tragische Ende dieses sechsundzwanzigjährigen Dichters bedenkt, der seinem Volke so viel geschenkt, der seinem Volke so viel geopfert hat.

Seinem „jungen schönen Weibe, das des Lebens Zier," wurde das Warten zu lang; nachdem Petöfi auch noch im Jahre 1852 verschollen blieb, ward er, wie es im Amtsblatte hieß, „auf Ansuchen seiner Frau" für todt erklärt, und Frau Petöfi . . . heiratete einen Andern . . .

Das ist der Lauf der Welt!

Druck von Heinrich Spitzer in Wien.